Jorge Amado
O Gato Malhado e a Andorinha Sinhá: uma história de amor

24.ª edição

Publicações Dom Quixote
Uma editora do Grupo Leya
Rua Cidade de Córdova, n.º 2
2610-038 Alfragide • Portugal

O projeto de fixação de texto da obra de Jorge Amado tem
o patrocínio da Organização Oderbrecht

Ilustrações: Carybé
Capa: Miguel Imbiriba

A primeira edição de *O Gato Malhado e a Andorinha Sinhá* saiu em 1978,
no Brasil. Traduzido em finlandês, francês, galego, grego, guarani, inglês, japonês e russo.

1.ª edição: Julho de 2001
24.ª edição: Setembro de 2016
Paginação: Júlio de Carvalho, Artes Gráficas
Revisão: Carla Barbosa Marques
Depósito legal n.º 414 914/16
Impressão e acabamento: Multitipo

ISBN: 978-972-20-2024-4

http://bisleya.blogs.sapo.pt

A história de amor do Gato Malhado e da Andorinha Sinhá eu a escrevi em 1948, em Paris, onde então residia com minha mulher e meu filho João Jorge, quando este completou um ano de idade, presente de aniversário; para que um dia ele a lesse. Colocado junto aos pertences da criança, o texto se perdeu e somente em 1976 João, bulindo em velhos guardados, o reencontrou, dele tomando finalmente conhecimento.

Nunca pensei em publicá-lo. Mas tendo sido dado a ler a Carybé por João Jorge, o mestre baiano, por gosto e amizade, sobre as páginas datilografadas desenhou as mais belas ilustrações, tão belas que todos as desejam admirar. Diante do que, não tive mais condições para recusar-me à publicação por tantos reclamada: se o texto não paga a pena, em troca não tem preço que possa pagar as aquarelas de Carybé.

O texto é editado como o escrevi em Paris, há quase trinta anos. Se fosse bulir nele, teria de reestruturá-lo por completo, fazendo-o perder sua única qualidade:

a de ter sido escrito simplesmente pelo prazer de escrevê-lo, sem nenhuma obrigação de público e de
editor.

Londres, agosto de 1976
J. A.

Esta história é um presente para meu filho João Jorge, em seu primeiro aniversário. Paris, 25 de novembro de 1948.

Ao concordar, em agosto de 1976, com a publicação desta velha fábula, ao nome de meu filho João Jorge, a melhor pessoa que eu conheço, quero acrescentar nesta página de dedicatória os de meu afilhado Nicolas Bay, dito Nikili e Niki, tão belo quanto inteligente, e os dos meus netos Bruno, Mariana, Maria João Pinóquio Leão e Cecília, que não a podem ainda ler e por isso mesmo; como não a podia ler João quando eu a escrevi. Os nomes dos netos e o nome da avó, dona Zélia, que sempre obtém o que quer quando assim decide.

Quero dedicá-la ademais a alguém que não conheço pessoalmente; imagino seja homem e não mulher mas em verdade não sei. Trata-se de leitor que há muitos anos, talvez uns vinte, me envia a cada dois ou três meses, regularmente, álbuns de recortes sobre as mais diferentes matérias, tudo quanto lhe pareça de interesse a meu ofício de romancista. Assina-se com diversos nomes e se atribui variadas profissões; um de seus múltiplos pseudônimos é Jarbas Carvalhal, do clã dos Carvalhal. Além de mim, conquistou ele outros admiradores: Mirabeau Sampaio é seu fã incondicional e, quanto a João Jorge, desde menino devora os grossos álbuns de recortes. Dedicando este livro, iluminado por Carybé, ao amigo numeroso e anônimo, quero nele simbolizar meus leitores brasileiros e estrangeiros, de tantos países e idiomas, agradecendo-lhes a fiel estima, honra e orgulho de minha vida de escritor. Londres, agosto de 1976.

O mundo só vai prestar
Para nele se viver
No dia em que a gente ver
Um gato maltês casar
Com uma alegre andorinha
Saindo os dois a voar
O noivo e sua noivinha
Dom Gato e dona Andorinha.

(Trova e filosofia de Estêvão da Escuna, poeta popu-
lar estabelecido no Mercado das Sete Portas, na Bahia.)

Era uma vez antigamente, mas muito antigamente, nas profundas do passado, quando os bichos falavam, os cachorros eram amarrados com lingüiça, alfaiates casavam com princesas e as crianças chegavam no bico das cegonhas. Hoje meninos e meninas já nascem sabendo tudo, aprendem no ventre materno, onde se fazem psicanalisar para escolher cada qual o complexo preferido, a angústia, a solidão, a violência. Aconteceu naquele então uma história de amor.

MADRUGADA

 manhã vem chegando devagar, sonolenta; três quartos de hora de atraso, funcionária relapsa. Demora-se entre as nuvens, preguiçosa, abre a custo os olhos sobre o campo, ai que vontade de dormir sem despertador, dormir até não ter mais sono! Se lhe acontecer arranjar marido rico, a Manhã não mais acordará antes das onze e olhe lá. Cortinas nas janelas para evitar a luz violenta, café servido na cama. Sonhos de donzela casadoira, outra a realidade da vida, de uma funcionária subalterna, de rígidos horários. Obrigada a acordar cedíssimo para apagar as estrelas que a Noite acende com medo do escuro. A Noite é uma apavorada, tem horror às trevas.

Com um beijo, a Manhã apaga cada estrela enquanto prossegue a caminhada em direção ao horizonte. Semi-adormecida, bocejando, acontece-lhe esquecer algumas sem apagar. Ficam as pobres acesas na claridade, tentando inutilmente brilhar durante o dia, uma tristeza. Depois a Manhã esquenta o Sol, trabalho cansativo, tarefa para gigantes e não para tão delicada rapariga. É necessário soprar as brasas consumidas ao passar da Noite, obter uma primeira, vacilante chama, mantê-la viva até crescer em fogaréu. Sozinha, a Manhã levaria horas para iluminar o Sol, mas quase sempre o Vento, soprador de fama, vem ajudá-la. Por que o bobo faz questão de dizer que estava passando ali por acaso quando todos sabem não existir tal casualidade e sim propósito deliberado? Quem não se dá conta da secreta paixão do Vento pela Manhã? Secreta? Anda na boca do mundo.

A respeito do Vento circulam rumores, murmuram-se suspeitas, dizem-no velhaco e atrevido, capadócio a quem é perigoso dar ousadia. Citam-se as brincadeiras habituais do irresponsável: apagar lanternas, lamparinas, candeeiros, fifós para assombrar a Noite; despir as árvores dos belos vestidos de folhagens, deixando-as nuinhas. Pilhérias de evidente mau gosto; no entanto, por incrível que pareça, a Noite suspira ao vê-lo e as árvores do bosque rebolam-se contentes à sua passagem, umas desavergonhadas.

A caçoada predileta do Vento é meter-se por baixo da saia das mulheres, suspendendo-as com malévola intenção exibicionista. Truque de seguríssimo efeito nos tempos de antanho, traduzindo-se em risos, olhares oblíquos e cobiçosos, contidas exclamações de gula, ahs! e ohs! entusiásticos. Antigamente, porque hoje o Vento não obtém o menor sucesso com tão gasta demonstração: exibir o quê, se tudo anda à mostra e quanto mais se mostra menos se quer ver? Quem sabe, as gerações futuras lutarão contra o visível e o fácil, exigindo, em passeatas e comícios, o escondido e o difícil.

Um tanto quanto louco, decerto; não vamos esconder os defeitos do Vento. Mas por que não falar também de inegáveis qualidades? Alegre, ágil, dançarino de fama, pé-de-valsa celebrado, amigueiro, sempre disposto a ajudar os demais, sobretudo em se tratando de senhoras e donzelas.

Por mais cedo fosse, mais frio fizesse, estivesse onde estivesse, cruzando distantes e íngremes caminhos, pela madrugada arribava ele em casa do Sol para cooperar com a Manhãzinha. Sopra que sopra com a imensa bocarrona de ar. Apenas porém a brasa crescia em labareda, o Vento deixava por conta da Manhã atiçar a chama com o abanador das brisas e começava a recordar aventuras, a contar de coisas vistas nas caminhadas sem destino: nevados topos de montanhas muito acima das nuvens ou abismos tão profundos que jamais a Manhã conseguiria enxergar.

Bisbilhoteiro e audacioso, rei dos andarilhos, rompendo fronteiras, invadindo espaços, vasculhando esconderijos, o Vento carrega um alforje de histórias para quem queira ouvir e aprender.

Fanática por uma boa história, a Manhã se atrasa ainda mais, atenta ao falatório do Vento, casos ora engraçados, ora tristes, alguns longos, prolongando-se em capítulos de folhetim. Pouco dada ao trabalho, a Manhã deixa-se ficar embevecida a escutar. Risonha, melancólica, debulhada em lágrimas – quanto mais comovente, melhor a novela – causando irremediável transtorno aos relógios, obrigados a diminuir o ritmo dos pêndulos e ponteiros, na dependência da chegada da Manhã para marcar as cinco horas em ponto. Muitos relógios enlouqueceram, não voltaram jamais a marcar a hora certa, atrasados ou adiantados, trocando o dia pela noite. Outros detiveram-se de vez e para sempre. Certo relógio universalmente famoso, colocado na torre da universalmente famosa fábrica dos universalmente famosos relógios (os mais pontuais do mundo), ele próprio campeão olímpico da hora exata, suicidou-se, enforcando-se nos ponteiros, por não mais suportar a lentidão da Manhã e o atraso geral da produção. Era um relógio suíço com exemplar senso de responsabilidade e imenso patriotismo industrial.

Não só os relógios, também os galos perdiam a cabeça, embrulhando o canto, anunciando a aparição do Sol enquanto a Manhã ainda o acendia, atenta às tiradas do Vento. Viviam de crista baixa, desmoralizados. Relógios e galos fizeram uma denúncia ao Tempo – senhor de todos eles –, protesto em oito itens e vinte e seis razões irrespondíveis, mas o Tempo é infinito, não ligou muito – essa coisa de uma hora a mais, uma hora a menos é tolice com a qual não paga a pena preocupar-se quando se tem a eternidade pela frente. Até serve para quebrar a monotonia. Ademais, o Tempo não escondia certa fraqueza pela Manhã. Risonha e inconseqüente, jovem e aloucada, pouco afeita a regras e códigos, ela o fazia esquecer por alguns momentos a suprema chateação da eternidade e a bronquite crônica.

Dessa vez, porém, a vadia ultrapassou todos os limites da tolerância. O Vento tentara dividir o longo enredo em dois ou três episódios mas ela exigira a narrativa detalhada e inteira, até o lance final. Já o Sol abrasava quando se despediram.

Vestida de luz branca com salpicos de flores azuis e vermelhas, a Manhã atravessa por entre as nuvens, distraída, pensativa, refletindo sobre o caso que o Vento viera de lhe contar. Sonhadora ao recordar detalhes, ligeiramente melancólica. Um autor erudito falaria em confusão de sentimentos.

Gostaria de não ser a Manhã, a própria, com obrigações estritas, para estender-se nos campos da madrugada a pensar nas intenções do Vento. Por que escolhera ele exatamente aquela história? Haveria uma moral a retirar do relato? Ou o Vento o fizera apenas pelo gosto da narrativa, gratuitamente? A Manhã suspeita de intenção oculta, razão secreta a se denunciar no olhar entornado do parceiro, em inesperado suspiro na hora do desfecho.

Suspira o Vento por ela, como rumorejam as comadres? Pensa pedir sua mão em casamento? Casar com o Vento não é má idéia, se bem a Manhã prefira um milionário. O Vento a ajudaria a apagar as estrelas, a acender o Sol, a secar o orvalho e a abrir a flor denominada Onze Horas que a Manhã, só de ranheta, para contrariar, abre todos os dias entre as nove e meia e as dez. Se casasse com o Vento sairia com o marido mundo afora, sobrevoando o cimo altíssimo das montanhas, esquiando nas neves eternas, correndo sobre o dorso verde do mar, saltando com as ondas, repousando nas cavernas subterrâneas onde a escuridão se esconde durante o dia para descansar e dormir.

Livre e inconstante, solteirão profissional, pensaria o Vento realmente em se casar? Contavam-se às dezenas as paixões, os casos, as aventuras, os escândalos em que ele se vira envolvido. Citam-se raptos, perseguições, maridos em cólera, juras de vinganças. A Manhã balança a cabeça: o Vento não pensa em casar coisa nenhuma, são outras suas intenções, nefandas intenções, como se dizia naquele tempo de atraso e cafonice.

Mesmo assim, vale a pena sonhar. Envolta em tais pensamentos vai a Manhã devaneando, esquecida das horas. Os relógios, todos eles, parados à espera; os galos, sem exceção, roucos de tanto cantar anunciando o Sol e cadê o Sol? Ao canto dos galos os homens acordam, confirmam na montra dos relógios as cinco horas precisas, para constatar em seguida a ausência do Sol. No céu a luz fosca da madrugada se confunde com a gaze cinzenta da cauda da noite. Terá chegado o fim do mundo? Um deus-nos-acuda nunca visto.

Tantas queixas recebidas, tão grande atraso, o Tempo sente-se obrigado a ralhar com a Manhã, se bem, ao lhe chamar a atenção e ameaçar castigo, esconda um sorriso cúmplice no rosto solene de barbas e rugas. A Manhã confessa a verdade, num gorjeio de pássaro:

– Meu Pai, fiquei ouvindo o Vento contar uma história. Perdi a hora. – Uma história? – interessou-se o Tempo, sempre em busca do que lhe fizesse menos pesada a eternidade, droga de eternidade! – Conta-me e, se for realmente uma boa história, não só te desculparei como te darei uma rosa azul que medrou há muitos séculos e hoje não se encontra mais pois tudo mudou, minha filha, mudou para pior, nada é mais como antes, acabaram-se as boas coisas da vida» ah! – um saudosistas, o Tempo.

Senta-se a Manhã aos pés do Mestre, agita as fraldas do vestido de claridade, começa a contar. No meio da história o Tempo adormece mas a Manhã não se interrompe pois ao debulhar a narrativa parece-lhe escutar a voz cariciosa do Vento, vê a expressão de súplica nos olhos malandros. Vento vagabundo e sem pouso, onde andará? Em que recanto do mundo, bisbilhotando, desnudando árvores, varando nuvens, perseguindo a Chuva em correrias pelo céu para derrubá-la por fim no pasto verde? Íntimos, demasiadamente íntimos, o Vento e a Chuva, companheiros de vadiagem. Somente companheiros? A Manhã franze a testa, de repente preocupada.

PARÊNTESIS

(A história que a Manhã contou ao Tempo para ganhar a rosa azul foi a do Gato Malhado e da Andorinha Sinhá; ela a escutara do Vento, sussurrada com enigmática expressão e alguns suspiros – a voz plangente. Eu a transcrevo aqui por tê-la ouvido do ilustre Sapo Cururu que vive em cima de uma pedra, em meio ao musgo, na margem de um lago de águas podres, em paisagem inóspita e desolada. Velho companheiro do Vento, o eminente Sapo Cururu contou-me o caso para provar a irresponsabilidade do amigo: desperdiça-se o Vento em fantasias em vez de utilizar as longas viagens pelo estrangeiro para estudar comunicação, sânscrito ou acupuntura, assuntos de nobre proveito. O Sapo Cururu é Doutor em Filosofia, Catedrático de Lingüística e Expressão Corporal, cultor de rock, *membro de direito, correspondente e benemérito de Academias nacionais e estrangeiras, famoso em várias línguas mortas. Se a narração não vos parecer bela, a culpa não é do Vento nem da Manhã, muito menos do sapiente Sapo Cururu,* doctor honoris causa. *Posta em fala de gente não há história que resista e conserve o puro encanto; perdem-se a música e a poesia do Vento.)*

A ESTAÇÃO DA PRIMAVERA

uando a primavera chegou, vestida de luz, de cores e de alegria, olorosa de perfumes sutis, desabrochando as flores e vestindo as árvores de roupagens verdes, o Gato Malhado estirou os braços e abriu os olhos pardos, olhos feios e maus. Feios e maus, na opinião geral. Aliás, diziam que não apenas os olhos do Gato Malhado refletiam maldade, e sim, todo o corpanzil forte e ágil, de riscas amarelas e negras. Tratava-se de um gato de meia-idade, já distante da primeira juventude, quando amara correr por entre as árvores, vagabundear nos telhados, miando à lua cheia canções de amor, certamente picarescas e debochadas. Ninguém podia imaginá-lo entoando canções românticas, sentimentais.

Naquelas redondezas não existia criatura mais egoísta e solitária. Não mantinha relações de amizade com os vizinhos e quase nunca respondia aos raros cumprimentos que, por medo e não por gentileza, alguns passantes lhe dirigiam. Resmungava de mau humor e voltava a fechar os olhos como se lhe desagradasse todo o espetáculo em redor.

Era, no entanto, um belo espetáculo, a vida em torno, agitada ou mansa. Botões nasciam perfumados e desabrochavam em flores radiosas, pássaros voavam entre trinados alegres, pombos arrulhavam amor, ninhadas de pintos recém-nascidos seguiam o cacarejar de orgulhosa galinha, o grande Pato Negro fazia a corte à linda Pata Branca, banhando-a na água clara do lago. Folgazões, os cachorros divertiam-se saltando sobre a grama.

Do Gato Malhado ninguém se aproximava. As flores fechavam-se se ele vinha em sua direção: dizem que certa vez derrubara, com uma patada, um tímido lírio branco pelo qual se haviam enamorado todas as rosas. Não apresentavam provas mas quem punha em dúvida a ruindade do gatarraz? Os pássaros ganhavam altura ao voar nas imediações do esconso onde ele dormia. Murmuravam inclusive ter sido o Gato Malhado o malvado que roubara o pequeno Sabiá, do seu ninho de ramos. Mamãe Sabiá, ao não encontrar o filho para o qual trazia alimento, suicidou-se enfiando o peito no espinho de um mandacaru. Um enterro triste e naquele dia muitas pragas foram pronunciadas em intenção do Gato Malhado. Provas não existiam, mas que outro teria sido? Bastava olhar a cara do bichano para localizar o assassino. Bicho feio aquele.

Os pombos iam amar longe dele: havia quase certeza de que fora ele quem matara – para comer – a mais linda pombarola do pombal, e, desde então, certo pombo-correio perdeu a alegria de viver. Faltavam provas, é verdade, mas – como disse o Reverendo Papagaio – quem podia tê-lo feito senão aquele sinistro personagem, sem lei nem Deus, tipo à-toa?

As maternais galinhas ensinavam aos pintos cor de ouro como evitar o Gato Malhado em cujas mãos criminosas – segundo afirmavam – muitos outros pintainhos haviam perecido (isso sem falar nos ovos que ele roubava dos ninhos para alimentar seu ignóbil corpanzil). Tampouco o Pato Negro queria saber dele pois o gatarrão não amava a água do lago, tão querida do casal de patos. Os cachorros o haviam procurado para com ele correr e saltar. Mas ele os arranhara nos focinhos e os insultara, eriçando o pêlo, xingando-lhes a família, a raça, os ascendentes próximos e distantes.

Um gato mau. Mau e egoísta. Deitava-se pela manhã sobre o capim para que o Sol o esquentasse, mas, apenas o Sol subia no céu, ele o abandonava por qualquer sombra cariciosa. Ingrato. Durante muito tempo, uma Goiabeira de tronco caruncheso alimentou a ilusão de que o Gato Malhado a amava e disso se vangloriou perante todas as árvores do parque. Só porque ele vinha, flexível, corpo sensual, rascar-se contra seu tronco nodoso no meio das tardes solarengas. A Goiabeira, que passava por ser uma original, sentiu-se vaidosa com a preferência de um tipo tão difícil e discutido. Procurou um cirurgião plástico, limpou-se de todos os nós que lhe enfeavam o tronco, fez-se bela para o Gato Malhado. E, de tronco liso e limpo, o esperou. Mas quando ele viu que não podia coçar-se naquele tronco sem nós nem reentrâncias, voltou as costas à Goiabeira e jamais sequer novamente a mirou. Durante algum tempo, devido a esta aventura, a Goiabeira foi a vítima predileta das pilhérias (de mau gosto) dos habitantes do parque. Até a Velha Coruja, que morava na jaqueira, riu quando lhe contaram a história.

Devo dizer, para ser exato, que o Gato Malhado não tomava conhecimento do mal que falavam dele. Se o sabia não se importava, mas é possível que nem soubesse que era tão mal visto, pois quase não conversava com ninguém, a não ser, em certas ocasiões, com a Velha Coruja. Aliás, a Coruja, cujas opiniões eram muito respeitadas devido à sua idade, costumava dizer que o Gato Malhado não era tão mau assim, talvez tudo isso não passasse de incompreensão geral. Os demais ouviam, balançavam a cabeça, e, apesar do respeito que tinham à Coruja, continuavam a evitar o Gato Malhado.

Assim vivia ele quando a primavera entrou pelo parque adentro, num espalhafato de cores, de aromas, de melodias. Cores alegres, aromas de entontecer, sonoras melodias. O Gato Malhado dormia quando a primavera irrompeu, repentina e poderosa. Mas sua presença era tão insistente e forte que ele despertou do seu sono sem sonhos, abriu os olhos pardos e estirou os braços. O Pato Negro, que casualmente o olhava, quase caiu de espanto porque teve a impressão de que o Gato Malhado estava sorrindo. Fixou o olhar, chamou a atenção da pequena Pata Branca:

– Não parece que ele está rindo?

– Santo Deus! Está rindo mesmo...

Jamais o tinham visto rir. A pequena Pata Branca necessitou botar a mão sobre o coração, tão espantada estava com aquele riso na boca feroz do Gato Malhado. Ria pela boca, e, o que era ainda mais inexplicável, ria pelos olhos pardos também.

De repente rebolou-se na grama como se fora um jovem gato adolescente, soltou um miado que mais parecia um gemido. Foi uma emoção geral pelo parque. A Galinha Carijó, que passava perto com sua doirada ninhada de pintos, gritou:

– Ui! – e desmaiou nos braços dos filhos.

O Galo Don Juan de Rhode Island veio correndo ver o que tinha acontecido. De todas as galinhas de seu harém, a Carijó era a preferida. Ajudou-a a levantar-se e ia lançar seu canto de guerra e de protesto, igual a uma clarinada, quando mais uma vez o Gato Malhado rebolou-se sobre a grama e miou outro miado... Ai, meu Deus, um miado romântico. Impossível!

Don Juan de Rhode Island engasgou-se e um silêncio total cobriu todo o parque naquela hora da chegada da primavera. Não se ouvia nem mesmo o arrulhar amoroso dos pombos tal o espanto universal provocado pela surpreendente atitude do Gato Malhado.

– Creio que ele enlouqueceu... – diagnosticou o Pé de Mastruço que tinha fama de ser bom médico.

– Ele está é preparando alguma nova maldade... – sussurrou a Galinha Carijó, refeita do faniquito, arrastando consigo para longe os pintainhos e Don Juan de Rhode Island.

Enquanto isso o Gato Malhado levantou-se, estirou os braços e as pernas, eriçou o dorso para melhor captar o calor do sol subitamente doce, abriu as narinas para aspirar os novos odores que rolavam no ar, deixou que todo o rosto feio e mau se abrisse num sorriso cordial para as coisas e os seres em torno. Começou a andar.

Aconteceu então uma debandada geral. O grande Pato Negro arrastou a pequena Pata Branca para o fundo do lago e assim, num mergulho em que bateu todos os seus recordes anteriores, atravessou para a outra margem onde pôs sua mulherzinha a salvo. Os pombos recolheram-se todos ao pombal, silenciando os arrulhos de amor nos galhos das árvores onde nasciam e se multiplicavam brotos verdes no mesmo minuto transformados em folhas cheias de sombra. Os cães pararam de correr e pular, fizeram como se estivessem muito ocupados em desencavar ossos escondidos. Os botões que começavam a virar flores suspenderam momentaneamente seu trabalho e uma rosa que, apressada, já se abrira, deixou cair todas as pétalas sobre o chão. Menos uma que ficou volteando no ar, ao sabor da brisa.

Toda essa correria fez um certo ruído, despertando a atenção do Gato Malhado. Olhou espantado, por que fugiam todos se era tão belo o parque naquela hora da chegada da primavera? Não havia tempestade, não corria o vento frio derrubando as folhas, a chuva não desabava em lágrimas sobre os telhados. Como fugir e esconder-se quando a primavera chegava trazendo consigo a doçura de viver? Será que a Cobra Cascavel havia voltado, havia ousado retornar ao parque? O Gato Malhado procurou-a com os olhos. Se fosse ela, dar-lhe-ia nova lição para que jamais ali viesse roubar ovos, tirar pássaros dos ninhos, comer pintos e pombas-rolas. Mas não, a Cascavel não estava. O Gato Malhado refletiu. E compreendeu então que fugiam dele, há tanto tempo não o ouviam miar nem sorrir que agora se amedrontavam.

Foi uma triste constatação. Primeiro deixou de sorrir, mas depois encolheu os ombros num gesto de indiferença. Era um gato orgulhoso, pouco lhe importava o que pensassem dele. Até piscou – num gesto um pouco forçado – um olho malandro para o Sol, e esse gesto, ainda mais inesperado, fez com que a enorme Pedra, que há muitíssimos anos residia nas proximidades do lugar onde o Gato estava, rolasse correndo para o mato.

O Gato Malhado aspirou a plenos pulmões a primavera recém-chegada. Sentia-se leve, gostaria de dizer palavras sem compromisso, de andar à toa, até mesmo de conversa com alguém. Procurou mais uma vez com os olhos pardos, mas não viu ninguém. Todos haviam fugido.

Não, todos não. No ramo de uma árvore a Andorinha Sinhá fitava o Gato Malhado e sorria-lhe. Somente ela não havia fugido. De longe seus pais a chamavam em gritos nervosos. E, dos seus esconderijos, todos os habitantes do parque miravam espantados a Andorinha Sinhá que sorria para o Gato Malhado. Em torno era a primavera, sonho de um poeta.

NOVO PARÊNTESIS,
PARA APRESENTAR A ANDORINHA SINHÁ

(Quando ela passava, risonha e trêfega, não havia pássaro em idade casadoira que não suspirasse. Era muito jovem ainda, mas, onde quer que estivesse, logo a cercavam todos os moços do parque. Faziam-lhe declarações, escreviam-lhe poemas, o Rouxinol, seresteiro afamado, vinha ao clarão da lua cantar à sua janela. Ela ria para todos, com todos se dando, não amava nenhum. Livre de todas as preocupações voava de árvore em árvore pelo parque, curiosa e conversadeira, inocente coração. No dizer geral não existia, em nenhum dos parques por ali espalhados, andorinha tão bela nem tão gentil quanto a Andorinha Sinhá.)

CONTINUAÇÃO DA ESTAÇÃO
DA PRIMAVERA

m torno era a primavera, o sonho de um poeta. O Gato Malhado teve vontade de dizer algo semelhante à Andorinha Sinhá. Sentou-se no chão, alisou os bigodes, apenas perguntou:

– Tu não fugiste com os outros?

– Eu? Fugir? Não tenho medo de ti, os outros são todos uns covardes... Tu não me podes alcançar, não tens asas para voar, és um gatarrão ainda mais tolo do que feio. E olha lá que és feio...

Feio, eu?

O Gato Malhado riu, riso espantoso de quem se havia desacostumado de rir, e desta vez até as árvores mais corajosas, como o Pau Brasil – um gigante – estremeceram. *Ela o insultou e ele a vai matar,* pensou o velho Cão Dinamarquês.

O Reverendo Papagaio – reverendo porque passara uns tempos no seminário onde aprendera a rezar e decorara frases em latim, o que lhe dava valiosa reputação de erudito – fechou os olhos para não testemunhar a tragédia. Por duas razões: por ser emotivo, não lhe agradando ver sangue, menos ainda de andorinha tão formosa, e por não desejar servir como testemunha se o crime chegasse à justiça, maçada sem tamanho, tendo de decidir entre dizer a verdade e arcar com as conseqüências da ira do Gato Malhado – processo por calúnia, umas bofetadas, o bico arrancado, quem sabe lá o quê – ou mentir e ficar com fama de covarde, de cúmplice do assassino. Situação difícil, o melhor era não testemunhar. Em troca rezou pela alma da Andorinha Sinhá, ficando em paz com a sua consciência, uma chata cheia de exigências.

A própria Andorinha Sinhá sentiu que exagerara e, por via das dúvidas, voou para um galho mais alto onde ficou bicando as penas num gesto de extrema faceirice. O Gato Malhado continuava a rir, apesar de se sentir um tanto ofendido. Não porque a Andorinha o houvesse tachado de mau e sim por tê-lo chamado de feio, e ele se achava lindo, uma beleza de gato. Elegante também.

– Tu me achas feio? De verdade?

– Feíssimo... – reafirmou lá de longe a Andorinha.

– Não acredito. Só uma criatura cega poderia me achar feio.

– Feio e convencido!

A conversa não continuou porque os pais da Andorinha Sinhá, o amor pela filha superando o medo, chegaram voando, e a levaram consigo, ralhando com ela, pregando-lhe um sermão daqueles. Mas a Andorinha, enquanto a retiravam, ainda gritou para o Gato:

– Até logo, seu feio...

Foi assim, com esse diálogo um pouco idiota, que começou toda a história do Gato Malhado e da Andorinha Sinhá. Em verdade a história, pelo menos no que se refere à Andorinha, começara antes. Um capítulo inicial deveria ter feito referência a certos atos anteriores da Andorinha. Como não posso mais escrevê-lo onde devido, dentro das boas regras da narrativa clássica, resta-me apenas suspender mais uma vez a ação e voltar atrás. É, sem dúvida, um método anárquico de contar uma história, eu reconheço. Mas o esquecimento pode ir por conta do transtorno que a chegada da primavera causa aos gatos e aos contadores de histórias. Ou melhor ainda, posso me afirmar um revolucionário da forma e da estrutura da narrativa, e que me dará de imediato o apoio da crítica universitária e das colunas especializadas de literatura.

CAPÍTULO INICIAL,
ATRASADO E FORA DE LUGAR

Andorinha Sinhá, além de bela, era um pouco louca. Louquinha, fica-lhe melhor. Apesar de ainda freqüentar a escola dos pássaros – onde o Papagaio ditava a cátedra de religião – tão jovem que os respeitáveis pais não a deixavam sair à noite sozinha com os seus admiradores, já era metida a independente, orgulhando-se de manter boas relações com toda a gente do parque. Amiga das flores e das árvores, dos patos e das galinhas, dos cães e das pedras, dos pombos e do lago. Com todos ela conversava, um arzinho suficiente, sem se dar conta das paixões que ia espalhando ao seu passar.

Mesmo o Reverendo Papagaio, que fazia grande propaganda das próprias virtudes, considerado por todos um pouco eclesiástico devido ao tempo passado no seminário, mesmo ele a olhava, durante as aulas, com uns olhos entornados.

Apesar de todas essas relações e admirações, uma sombra anuviava a vida da Andorinha Sinhá, razão de ser deste atrasado capítulo inicial, pois a sombra era exatamente o Gato Malhado. Ou melhor: o fato dela nunca ter conseguido conversar com o Gato. Aquele sujeito caladão, orgulhoso e metido a besta bulia-lhe com os nervos. Habituara-se a vir espiá-lo quando ele dormia ou esquentava sol sobre a grama. Escondida no ramo de uma árvore, mirava-o durante horas perdidas, cismando nas razões por que o feioso não mantinha relações com ninguém. Ouvia falar mal dele mas fitava o seu nariz róseo, de grandes bigodes, e – ninguém sabe por que – duvidava da veracidade das histórias. Assim são as andorinhas, o que se pode fazer? – não há forma de fazê-las compreender a verdade mais rudimentar, a mais provada e conhecida, se elas se metem a duvidar. São cabeçudas e se deixam guiar pelo coração.

O Gato Malhado era a sombra na vida clara e tranqüila da Andorinha Sinhá. Por vezes estava cantando uma das lindas canções que aprendera com o Rouxinol, e, de súbito, parava porque via (às vezes adivinhava) o grande corpo do Gato que passava em caminho do seu canto predileto. Ia então pelos ares, seguindo-o devagar, e, em certa tarde, divertiu-se muito a atirar-lhe gravetos secos sobre o dorso. O Gato dormia, ela estava bem escondida entre as folhas da jaqueira, rindo a cada graveto que acertava nas costas do Gato, levando o preguiçoso a abrir um olho e mirar em torno. Mas logo o cerrava, pensando tratar-se de alguma brincadeira idiota do Vento. De há muito, o Gato Malhado aprendera que não adianta correr atrás do Vento para dar-lhe com a pata. O melhor era deixá-lo cansar-se da brincadeira. Mas naquele dia, como a coisa continuasse, resolveu ir embora. A Andorinha Sinhá retirou-se também, contente com a peça que pregara ao temido Gato Malhado.

Foi nesse dia que ela teve a célebre conversa com a Vaca Mocha. Falo na Vaca Mocha logo no capítulo inicial da história, por se tratar de uma figura das mais importantes do parque. Tinha quase tanto prestígio quanto a Velha Coruja. Tratava-se de uma pessoa tranqüila, mesmo um pouco solene, muito circunspecta, por todos os títulos respeitáveis, descendente de um touro argentino e se chamava Rachel Púcio. No entanto, possuía um temperamento vingativo, humor variável. Muito boa para com aqueles a quem amava – com o casal de patos, por exemplo, mantinha relações de muita amizade – brusca e violenta com a gente de quem não gostava: a Mosca Varejeira, os cães e, mais que todos, o Gato Malhado.

Não gostava do Gato Malhado porque, sendo ela uma figura assim tão altamente respeitável, com sangue portenho, considerara-se terrivelmente ofendida pelo mísero felino em certa distante ocasião. Acontece que, apesar de sua circunspecção, a Vaca Mocha era dada à ironia. Foi assim que, certa vez, tendo encontrado o Gato Malhado no curral, onde fora com certeza na esperança de roubar um pouco de leite, disse--lhe, num misto de desprezo e pilhéria e em mescla de espanhol e português:

– ¡Un tipo tan chiquito y ya de bigotes!

O Gato, em evidente e imperdoável desrespeito, teve a ousadia de responder-lhe:

– Uma sujeita tão grandona e sem porta-seios!

A Vaca Mocha armou-lhe um coice bem armado mas o Gato ia longe, rindo para dentro seu riso malvado. Todo o parque considerou que a Vaca Mocha fora terrivelmente insultada, e, à noite, vieram muitas famílias visitá-la para apresentar-lhe sua solidariedade,

pois ela estava inconsolável e chorava sem cessar. À frente de todos veio o Reverendo Papagaio, que nessa noite se embriagou e divertiu toda a assistência com as anedotas que aprendera na cozinha do seminário. Até a Vaca Mocha parou de chorar para rir e depois voltou a chorar outra vez, mas agora de tanto e tanto rir.

Quando a Andorinha lhe disse em que espécie de diversão empregara sua tarde, a Vaca Mocha lastimou que, em vez de gravetos, a Andorinha não houvesse jogado calhaus enormes bem no crânio do gato, liquidando-o de uma vez. Mas quando Sinhá se horrorizou com tal possibilidade sangrenta e lhe confessou que jogara os gravetos como um pretexto para puxar conversa com o gato, aí foi a vez da Vaca demonstrar seu assombro:

– ¿Hablar con el Gato? ¿Piensas, loquita, en hacerlo realmente? ¡Por Dios, no seas tonta!

Falar espanhol dava-lhe status e cansaço, que cansaço! Continuou em português.

– Então tu não sabes que ele é um gato, um gato mau, e que jamais uma andorinha pode – sem com isso comprometer a honra da família – manter relações, sequer de simples cumprimentos, com um gato? Que os gatos são inimigos irreconciliáveis das andorinhas, que muitas e muitas parentas tuas pereceram entre as garras de gatos como aquele? Malhados ou não?

Prosseguiu com o sermão. Como pensava ela, louca andorinha, em rasgar uma velha lei estabelecida, em passar por cima de regras consagradas pelo tempo, em fazer tal insulto aos seus amigos, dar tamanho desgosto aos seus pais?

– Mas ele não me fez nada...

– É um gato, e ainda por cima, malhado!

– Só por ser um gato ainda por cima malhado? Mas ele tem um coração como todos nós...

– Coração? – Indignou-se a Vaca Mocha, de fácil indignação como estamos aos poucos constatando. – Quem lhe disse que ele tem coração? Quem?

– Bem, eu pensei...

– Você viu o coração dele? Diga!

– Ver não vi...

– Então?

Ainda falou longamente. Contou a história do que o Gato lhe fizera e mais uma vez derramou algumas lágrimas ao recordar o insulto. Novos conselhos, advertências; dar conselhos era uma das especialidades da Vaca Mocha. Regras de bom viver, cheias de salutar moralidade e de algum ranço. Explicou como deve comportar-se uma jovem andorinha donzela, o que pode fazer e o que lhe estava vedado. Principalmente não deve falar com gatos, muito menos com o Gato Malhado...

A Andorinha ouviu, atenta como a boa educação ordena, e ficou triste. Não devia conversar com o Gato, fizera muito mal em pensar em tal coisa. A Vaca devia ter razão, possuía experiência e uma voz empostada e nobre. Só que a Andorinha, cabeça dura, não compreende por que cometerá um pecado se conversar com o Gato. Em todo caso, jurou à Vaca jamais jogar grave-tos sobre o dorso amarelo e preto do Gato Malhado e nem sequer pensar em conversar com ele.

Mas juramento de andorinha não vale muito, não se lhe deve dar crédito exagerado. Muito menos a juramento de andorinha jovem, de cabeça ardente e espí-rito um pouco aventureiro. De mim, desconfio que, ao jurar, ela já sabia ser incapaz de cumprir a jura. Continuou a ir espiar o Gato. Não mais lhe jogou gravetos mas, ai!, não devido ao juramento e sim, com medo de que ele fosse embora pensando tratar-se de pilhéria do Vento. Ia espiá-lo todos os dias até que naquele dia da chegada da primavera...

E aqui termina o capítulo inicial e voltamos à história, lá adiante, onde a deixamos por erro de estrutura ou por moderna sabedoria literária.

FIM DA ESTAÇÃO DA PRIMAVERA

s pais de Sinhá iam ralhando com ela. Mas estavam tão comovidos com o próprio heroísmo – tiveram coragem de afrontar o Gato Malhado para salvar a filha – que não ralharam demasiado. A Andorinha Pai dizia à Andorinha Mãe:

– Nós amamos nossa filha, nós a salvamos. A Andorinha Mãe respondia:

– Nós somos bons pais, protegemos nossa filha.

E se olhavam, admirando-se mutuamente. Proibiram terminantemente a Andorinha de novamente aproximar-se do inimigo feroz. Se os juramentos da Andorinha jovem não têm nenhum valor, bruscas proibições só fazem aguçar-lhe o interesse e a curiosidade. Não que Sinhá fosse uma dessas andorinhas às quais basta que se diga *não faça isso* para que imediatamente o façam. Ao contrário, terna e obediente, amava os pais. Era bem-comportada, amável e bondosa. Mas gostava que a convencessem das coisas com boas e justas razões, e ainda ninguém lhe havia provado ser um pecado ou um crime manter relações cordiais com o Gato Malhado. Assim, quando deitou a gentil cabecinha sobre a pétala de rosa que lhe servia de travesseiro, havia decidido continuar a conversa no outro dia:

– Ele é feio mas é simpático... – murmurou ao adormecer.

Quanto ao Gato Malhado, também ele pensou na arisca Andorinha Sinhá, naquela primeira noite da primavera, ao repousar a cabeça no travesseiro. Aliás, eis uma coisa que ele não possuía: travesseiro. Além de mau e feio, o Gato Malhado era um pobre de Job; repousava a cabeça em cima dos braços. Sendo de pouco luxo, não reclamava. Falta sentia de outras coisas: de afeição, de carinho e de salsichas vienenses.

Recolheu-se tarde. Antes, andara pelo parque, ao léu. Arranhara a casca de troncos de árvores, miara sem motivo evidente, sentira desejo de voltar a vagabundear nos telhados como praticara na distante adolescência. O cheiro bom da terra penetrara-lhe pelas narinas e seus grandes bigodes moveram-se inquietos. Sentira-se muito moço, até teve vontade de correr com os cães. E o teria feito, com certeza, se os cachorros não se houvessem afastado, cheios de receio, quando ele os procurou. Tal fora o seu estado de lassidão e de indefinido desejo que murmurou para si mesmo:

– Creio que estou doente. – Colocou a pata sobre a testa e concluiu: – Estou ardendo em febre...

Quando, ao cair da noite, voltava para sua cama – um velho trapo de veludo – olhou uma flor e nela viu refletidos os rasgados olhos da Andorinha. Febril, foi ao lago beber água e na água também enxergou a Andorinha que sorria. E a reconheceu em cada folha, em cada gota de orvalho, em cada réstia de sol crepuscular, em cada sombra da noite que chegava. Depois a descobriu vestida de prata na lua cheia para a qual miou um miado dolorido. Ia alta a noite quando conseguiu dormir. Sonhou com a Andorinha, era a primeira vez que ele sonhava havia muitos anos.

Devo concluir que o Gato Malhado, de feios olhos pardos, de escura fama de maldade, havia se apaixonado? Agora que ele e Andorinha dormem, que só a Velha Coruja está acordada, permito-me filosofar um pouco. É um direito universalmente reconhecido aos contadores de histórias e devo usá-lo pelo menos para não fugir à regra geral. Desejo dizer que há gente que não acredita em amor à primeira vista. Outros, ao contrário, além de acreditar afirmam que este é o único amor verdadeiro. Uns e outros têm razão. É que o amor está no coração das criaturas, adormecido, e um dia qualquer ele desperta, com a chegada da primavera ou mesmo no rigor do inverno. Na primavera é mais fácil, mas isso já é outro tema, não cabe aqui.

De repente, o amor desperta de seu sono à inesperada visão de um outro ser. Mesmo se já o conhecemos, é como se o víssemos pela primeira vez e por isso se diz que foi amor à primeira vista. Assim o amor do Gato Malhado pela Andorinha Sinhá. Quanto ao que se passava no pequeno porém valoroso coração de Sinhá, não esperem que eu explique ou desvende. Não sou tão tolo a ponto de achar-me capaz de entender o coração de uma mulher, quanto mais de uma andorinha.

Nenhuma dessas considerações perturbou naquela noite o Gato Malhado. Em verdade ele não se julgava ainda apaixonado. Tal idéia nem lhe ocorreu. Quando era jovem, apaixonava-se todas as semanas, em geral às terças-feiras e desapaixonava-se às sextas, pois era um gato preguiçoso e tirava o sábado, o domingo e a segunda para descansar. Despedaçara inúmeros corações de gatas de todas as cores, de uma coelha cinzenta e de uma raposa adolescente. Mas isso fazia tanto tempo que ele nem mais se recordava dos nomes e das situações. Vivia no seu canto, eu já expliquei, tranqüilo, preguiçando ao sol, gozando a doce carícia da brisa, o frescor das noites de verão, o frio gostoso do inverno. Agora vinha a primavera perturbar a sua paz.

No dia seguinte, ao acordar e lavar a cara, pensou na Andorinha, recordando o sonho a acompanhá-lo pela noite: ele e Sinhá discutindo de boniteza e feiúra. Riu-se: *ontem eu estava doente* e resolveu não pensar mais na Andorinha. Dirigiu-se ao seu canto predileto para calentar sol sobre o velho trapo de veludo. A vida se desenvolvia pelo parque.

Bem, ali está o Gato Malhado. Deitado, como sempre, ao comprido para que o sol gostoso da primavera o envolva por inteiro. Mas, o que é estranho, não consegue fechar os olhos como o faz habitualmente. A experiência lhe ensinara que, de olhos fechados, goza-se muito mais o calor do sol e a frescura da brisa. No entanto, naquele segundo dia de primavera, tinha os olhos abertos, e, ademais, voltados para a árvore onde, na véspera, estivera a Andorinha Sinhá. Quando percebe o que está sucedendo, fica furioso. Desvia o olhar e, assobiando devagarinho, busca outras paisagens. Olha os cachorros que correm, os idiotas não sabem fazer outra coisa, as árvores cheias de folhas, olha até o Papagaio ocupado a rezar suas orações matinais. O Papagaio mantinha uma das mãos sobre o peito e os olhos entornados para o céu. O Gato, ao ver o seu ar untuoso, quase clerical, não se contém e mostra-lhe a língua. O Papagaio, alarmado com o gesto inesperado e ameaçador, interrompe as suas orações e cumprimenta:

– Bom dia, meu caríssimo doutor Gato Malhado. Como vai a saudinha? Graças a Deus, bem?

O Gato nem se digna responder. Além de tudo seu olhar já está de novo fixo na árvore onde a Andorinha pousara na véspera. Enquanto ele espia na esperança de vê-la, explico o porquê do gesto feio do Gato. Não significa, como se pode pensar, desrespeito à religião. É que o Gato Malhado não gosta de gente hipócrita. E o Papagaio era a hipocrisia em pessoa.

A Coruja – que conhecia a dedo a vida de todos os habitantes do parque – tinha contado ao Gato que o mestre Papagaio, sob toda aquela capa de religiosidade, não passava de um devasso. Fizera propostas indecorosas à pequena Pata Branca, à Galinha Carijó, à Rolinha à qual ensinara o catecismo, e que, à própria Coruja, sem respeitar-lhe a idade, murmurara duvidoso convite. E o caso do Pombogaio? Ah! esse caso do Pombogaio merece ser contado. Um dia a Pomba-Correio teve um filho estranho: um pombo que falava a língua dos homens. Além de tolo, o Pombo-Correio vivia em longas viagens, levando toda a correspondência do parque. Oficialmente o filho era dele, mas a Coruja dizia que ali havia coisa. Quem, além do Papagaio, conhecia e falava no parque a língua dos homens? Os cachorros a entendiam mas não a praticavam. Ademais, o Papagaio não saía da casa da Pomba-Correio, na ausência do marido, sob o pretexto de levar-lhe *alimento espiritual.* Por sorte, o Pombo-Correio era criatura de boa índole.

O Gato Malhado não tinha má vontade com os devassos. Nunca tomava parte nas murmurações do parque sobre as aventuras do Galo, inveterado e invejado polígamo, maometano que, a cada dia, acrescentava nova franga ao seu sortido harém. Tanto os pombos, monógamos por convicção, quanto o Pato Preto, monógamo por força das circunstâncias já que no parque só existia uma pata, uns e outros mostravam-se muito escandalizados com a vida devassa do Galo. Também a Vaca Mocha: balançava a cabeça numa condenação muda. Só o Gato não dava nenhuma importância ao fato. Não era contra os devassos. Mas, sim, contra os hipócritas, os mascarados como o Papagaio. Por isso lhe mostrou a língua, gesto insultuoso e condenável.

Contei tudo isso na esperança de que nesse meio tempo a Andorinha Sinhá viesse pousar na árvore em frente ao Gato. Mas ela não veio, a ingrata!, e vamos reencontrar o nosso amigo Malhado já sem nenhuma alegria, num estado de espírito muito diferente daquele em que o deixamos. Perdera o ar brincalhão com que acordara, a leveza que sentia desde a véspera, os grandes bigodes estavam caídos, desmoralizados, murchos. Isso era um triste e perigoso sinal em se tratando do Gato Malhado. Seus bigodes eram o índice do seu humor.

Fita mais uma vez a árvore, tantas vezes já o fizera antes... Não vê a Andorinha, a sombra da árvore cobre-lhe o corpanzil. Os olhos pardos escurecem. Por que sente o coração dorido? No entanto, é primavera em torno.

Acontece-lhe então levantar-se. Por que o faz nem ele mesmo seria capaz de explicar. Talvez para ficar ao sol. Levanta-se e sai andando. E, de repente, nota que seus pés – será que ele já não os governa? – o haviam

levado, sem ele sentir, para junto da distante árvore onde mora a família da Andorinha Sinhá. Devo esclarecer que esta árvore ficava do outro lado do parque.

Os pais de Sinhá haviam saído em busca de alimento. A Andorinha tinha visto o Gato vir vindo e o esperava sorridente. Gato Malhado pára embaixo da árvore, espia, descobre a Andorinha. Foi então que percebeu onde havia chegado, sem se dar conta. Dana--se. Que faço eu aqui? Resolveu voltar rapidamente (diabo! seus pés, de tão pesados, pareciam ter chumbo grudado), mas a Andorinha falou com sua doce voz:

– Não me diz bom dia, seu mal-educado?

– Bom dia, Sinhá... – havia até certo acento harmonioso na voz cava do Gato.

– Senhorita Sinhá, faça o favor.

E, como ele fizesse uma cara triste (era ainda mais feio quando ficava triste), ela concedeu:

– Vá lá... Pode me chamar de Sinhá se isso lhe dá prazer... E eu lhe chamarei de Feio.

– Já lhe disse que não sou feio.

– Puxa! Que convencido! É a pessoa mais feia que eu conheço. Junto de você minha madrinha Coruja é prêmio de beleza...

Afinal que fazia ele ali? – pensava o Gato Malhado. Aquela jovem Andorinha, apenas uma adolescente, não o trata com o devido respeito (será mesmo que ele desejava que ela o tratasse com respeito?), insulta-o, agride-o, chama-o de feio. Era o resultado de ter ele dado confiança a uma jovem andorinha qualquer. Que era ela senão uma estudante, aluna de religião do Papagaio, que podia ter na cabeça, que espécie de conversa podia manter com ele, um gato sério, viajado, que se considerava um ser superior, mais culto do que toda a gente do parque e que se achava – principalmente – um gato bonito? Resolveu retirar-se e nunca mais voltar a falar àquela desrespeitosa andorinha (ah! seus pés como chumbo, como se tivessem toneladas de chumbo...). Faz um esforço:

– Até logo...

– Está aí, se ofendeu... Ainda é mais convencido do que feio...

Por que diabo ele começa a achar graça? Agora não eram apenas os pés que já não lhe obedeciam, também a boca se abria em riso quando ele queria ficar sério, com um ar zangado. Uma vasta conspiração contra o Gato Malhado. A Andorinha continuava, num pairar incessante, linda adolescente dos campos, cuja juventude domina tudo em derredor:

– Não precisa ir embora. Não lhe chamo mais de feio. Agora só lhe trato de formoso.

– Não quero também...

– Então como vou lhe chamar?

– Gato.

– Gato não posso.

– Por quê?

Será que ela entristecera? Agora sua voz já não é brincalhona. O Gato Malhado repete a pergunta:

– Por que não pode?

– Não posso conversar com nenhum gato. Os gatos são inimigos das andorinhas.

– Quem lhe disse?

– É verdade. Eu sei.

O Gato fez a cara mais triste do mundo. A Andorinha Sinhá, que amava a alegria e não podia ver ninguém triste, continuou:

– Mas nós não somos inimigos, não é?

– Nunca.

– Então nós podemos conversar. Mas logo acrescentou: – Vá embora que Papai vem aí. Depois eu vou na ameixeira conversar com você, Feião...

O Gato ri e trata de sumir entre as moitas de capim que crescem por ali. Estava novamente alegre. Enquanto atravessa agilmente por entre o mato, vai recordando o diálogo com a Andorinha, a voz melodiosa volta a ressoar em seus ouvidos. Ela não podia conversar com um gato. Os gatos são maus, alguns foram apanhados em flagrante almoçando andorinhas, havia alguma verdade nisso. Como era possível ser assim tão mau? Como almoçar um ser tão frágil e formoso como a Andorinha Sinhá?

Deita-se sob a ameixeira que está em flor. Logo depois a Andorinha chega, fazendo círculos no ar, num vôo que é improvisado e lindo bailado primaveril. De longe, o Rouxinol, que a acompanha com os olhos, começa a cantar e sua melodia de amor enche o parque.

O Gato bate palmas quando ela pousa num galho baixo. Continuam a conversa interrompida.

Não vou mais reproduzir os diálogos. E tomo tal resolução porque eram todos um pouco parecidos e somente aos poucos, com o correr do tempo, se fizeram dignos de uma história de amor. Quem sabe, talvez mais adiante eu reproduza um, se houver ocasião. Por ora, apenas quero dizer que eles conversaram durante toda a primavera, sem que jamais faltasse assunto. Foram se conhecendo um ao outro, cada dia uma nova descoberta. E não apenas conversaram. Juntos, ele correndo pelo chão de verde grama, ela voando pelo azul do céu, vagabundearam por todo o parque, encontraram recantos deliciosos, descobriram novas nuances de cor nas flores, variações na doçura da brisa, e uma alegria que talvez estivesse mais dentro deles que mesmo nas coisas em derredor. Ou bem a alegria estava presente em todas as coisas e eles não a viam antes. Porque – eu vos digo – temos olhos de ver e olhos de não ver, depende do estado do coração de cada um.

Quero acrescentar, finalmente, que já não se tratavam de você.

Quando, pela manhã, se viam pela primeira vez naquele dia, ele lhe perguntava:

– Que fizeste de ontem para hoje? Hoje estás ainda mais linda do que ontem e mesmo mais linda do que estavas essas noites no sonho em que te vi...

– Conta-me o teu sonho. Eu não te conto o meu porque sonhei com uma pessoa muito feia: sonhei contigo...

Riam os dois, ele o seu riso cavo de gato mau, ela seu argentino riso de andorinha adolescente. Assim aconteceu na primavera.

A ESTAÇÃO DO VERÃO

ste é um capítulo curto porque o verão passou muito depressa com o seu sol ardente e suas noites plenas de estrelas. É sempre rápido o tempo da felicidade. O Tempo é um ser difícil. Quando queremos que ele se prolongue, seja demorado e lento, ele foge às pressas, nem se sente o correr das horas. Quando queremos que ele voe mais depressa que o pensamento, porque sofremos, porque vivemos um tempo mau, ele escoa moroso, longo é o desfilar das horas.

Curto foi o tempo do verão para o Gato e a Andorinha. Encheram-no com passeios vagabundos, com longas conversas à sombra das árvores, com sorrisos, com palavras murmuradas, com olhares tímidos porém expressivos, com alguns arrufos também...

Não sei se arrufos será a palavra precisa. Explicarei: por vezes a Andorinha encontrava o Gato abatido, de bigodes murchos e olhos ainda mais pardos. A causa não variava: a Andorinha saíra com o Rouxinol, com ele conversara ou tivera aula de canto – o Rouxinol era o professor. A Andorinha não compreendia a atitude do Gato Malhado, aquelas súbitas tristezas que se prolongavam em silêncios difíceis. Entre ela e o Gato jamais havia sido trocada qualquer palavra de amor, e, por outro lado, a Andorinha, segundo disse, considerava o Rouxinol um irmão.

Um dia – dia em que a aula de canto se prolongara além do tempo costumeiro – quando os bigodes do Gato estavam tão murchos que tocavam o solo, ela lhe pediu explicação daquela tristeza. O Gato Malhado respondeu:

– Se eu não fosse um gato, te pediria para casares comigo...

A Andorinha ficou calada, num silêncio de noite profunda. Surpresa? – não creio, ela já adivinhara o que se passava no coração do Gato. Zanga? – não creio tampouco, aquelas palavras foram gratas ao seu coração. Mas tinha medo. Ele era um gato e os gatos são inimigos irreconciliáveis das andorinhas.

Voou rente sobre o Gato Malhado, tocou-o de leve com a asa esquerda, ele podia ouvir os latidos do pequeno coração da Andorinha Sinhá. Ela ganhou altura, de longe ainda o olhou, era o último dia de verão.

PARÊNTESIS DAS MURMURAÇÕES

(*Murmurava a Vaca Mocha no ouvido do Papagaio:* Onde já se viu uma coisa igual? Uma andorinha, da raça volátil das andorinhas, namorando com um gato, da raça dos felinos? Onde já se viu, onde já se viu? *E o Papagaio murmurava no ouvido da Vaca Mocha:* Onde já se viu, Padre Nosso Que Estais no Céu, uma andorinha andar pelos cantos escondida com um gato? Ave Maria Cheia de Graça, andam dizendo, andam dizendo, eu não acredito, eu não acredito, Creio em Deus Padre, mas pode ser, mas pode ser, Salve Rainha, Mãe de Misericórdia, que ele anda querendo casar com ela, Deus me Livre e Guarde, ora se tá querendo, ora se, Amém. *E o Pombo dizia à Pomba, numa murmuração:* Onde já se viu uma andorinha, linda andorinha, louca andorinha, às voltas com um gato? Tem uma lei, uma velha lei, pombo com pomba, pato com pata, pássaro com pássaro, cão com cadela e gato com gata. Onde já se viu uma andorinha noivando com um gato? *E a Pomba murmurava ao Pombo, num cochicho:* É o fim do mundo, os tempos são outros, perdeu-se o respeito a todas as leis. *Murmurava o Cachorro no ouvido da Cadela:* Pobre

Andorinha, passeia com o Gato, mal sabe ela que ele deseja apenas um dia almoçá-la. *A Cadela respondia, balançando a cabeça:* O Gato é ruim, só quer almoçar a pobre Andorinha. *E o Pato dizia à Pata Pepita:* Reprovo o desairoso proceder dessa tonta Andorinha. É perigoso, imoral e feio. Conversa com o Gato como se ele não fosse um gato. Logo com o Gato Malhado, criminoso nato, lombrosiano. *E a Pata Pepita assim respondia ao Pato Pernóstico:* Pata com pato, pomba com pombo, cadela com cão, galinha com galo, andorinha com ave, gata com gato. *E as árvores murmuravam, ao passar do Vento:* Onde já se viu? Onde já se viu? Onde já se viu? *E as flores coravam e sussurravam ao ouvido da Terra:* Andorinha não pode, não pode casar, com gato casar! *E em coro cantavam:* É pecado mortal! *O pai da Andorinha ouviu os rumores, a mãe da Andorinha os rumores ouviu. O pai da Andorinha disse zangado à mãe da Andorinha:* Nossa filha vai mal, nossa filha anda às voltas com o Gato Malhado. *A mãe respondeu:* Nossa filha é uma tola, precisa casar. *O pai perguntou:* Casar, mas com quem? *A mãe respondeu:* Com o Rouxinol que já me falou. *E o parque inteiro tal coisa aprovou:* Que bom casamento para a Andorinha. O Rouxinol é belo e gentil, sabe cantar, é da raça volátil, com ele bem pode a Andorinha casar. Casar só não pode com o Gato Malhado, andorinha com gato quem no mundo já viu? *E o Papagaio dizia:* Três Vezes Amém.)

A ESTAÇÃO DO OUTONO

No outro dia o outono chegou, derrubando as folhas das árvores. O Vento sentia frio, e, para esquentar-se, corria zunindo pelo parque. O outono trazia consigo uma cauda de nuvens e com elas pintou o céu de cores cinzentas. Não era só a paisagem que se modificava com o correr das estações, como certamente percebeu o culto e talentoso leitor. Também a atitude dos habitantes do parque, em relação ao Gato Malhado, havia sofrido sensível mudança. Não que houvessem deixado de ter-lhe raiva, não que lhe houvessem perdoado os agravos antigos. Mas já não sentiam medo dele, como o provavam as murmurações sobre o seu caso com a Andorinha, murmurações que de tímidos cochichos transformaram-se em obstinado rumor. Recordemos que antes, nas páginas iniciais desta história, tremiam todos apenas o Gato Malhado abria um olho. Como explicar então que não mais o temessem, que comentassem quase abertamente seus passeios com a Andorinha?

É que o Gato, durante a primavera e o verão, vivera alegre e satisfeito. Não ameaçara os demais viventes, não despedaçara flores com patadas, não encrespara os pêlos do dorso à aproximação de estranhos e não repelira os cães eriçando os bigodes, insultando-os entre dentes. Tornara-se um ser brando e amável, era o primeiro a cumprimentar os outros habitantes do parque, ele que antigamente quase nunca respondia aos medrosos *bons-dias* que lhe dirigiam.

Aventurar-me-ei mesmo a afirmar que ele cultivou, naquela época, bons e generosos sentimentos. E baseio esta audaciosa afirmação no fato, entre outros de menor importância, de ter-se arriscado para expulsar do parque a Cobra Cascavel quando ela apareceu durante o verão. Todo mundo se havia escondido. Até mesmo o Cachorro Dinamarquês que vivia rugindo bravatas.

O Gato atacou a Cascavel, conseguiu furtar o corpo ao seu bote mortal, e deu-lhe tantas taponas na cabeça que ela fugiu para muito longe, jamais voltou ao parque.

Só a Andorinha elogiou o feito do Gato. Todos os demais acharam que ele enfrentara a Cobra apenas para mostrar-se, fazer bonito, bancando o valente. A Vaca Mocha chegou mesmo a lastimar que a Cobra tivesse errado o bote. O Papagaio classificou o acontecimento como *exibicionismo primário.*

A verdade é que o Gato continuava com fama de sujeito mau e intratável. Os habitantes do parque, todavia, haviam concluído, ante a atual amabilidade do Gato Malhado, que, se bem ele fosse muito mau, já não era muito perigoso. Devia estar ficando velho, sem forças, e por isso procurava reabilitar-se. Perderam-lhe o medo. O Papagaio, interesseiro, chegara a alimentar ilusões de amizade. Pensou tornar-se íntimo do Gato e utilizá-lo contra seus inimigos, o Pato, por exemplo, que falava horrores dele pelas costas. O Gato tolerou a aproximação do Papagaio (não estava aquele hipócrita de alguma forma ligado à Andorinha, já que lhe ensinava religião?) mas evitou qualquer familiaridade. Diante disso, o Papagaio, ofendido, espalhou no parque cruel teoria explicativa da atual gentileza do Gato: mudara de atitude por sofrer doença incurável; estando às portas da morte, buscava o perdão dos seus pecados.

Não se deve tomar essas coisas como prova de maldade geral. A fama ruim do Gato Malhado era antiga e arraigada. Como poderiam eles compreender que o Gato mudara desde que a Andorinha entrara em sua vida? Como entender que sob a casca grossa, sob o pêlo eriçado do Gato pulsava um terno coração?

Tão terno, que aquele primeiro dia de outono foi encontrar o Malhado escrevendo um soneto. Coberto com um pesado manto de lã (o Gato era muito friorento), contava sílabas nos dedos e procurava rimas num grosso dicionário, de autoria do afamado Gramático Tamanduá: prêmio nacional de literatura e membro da Academia de Letras. Sim, até um soneto ele escreveu. Possuo cópia dessa única produção literária do Gato Malhado, criatura séria que sempre vivera longe dessas frioleiras. Foi-me dada pelo Sapo Cururu – que nas horas vagas dedica-se à crítica literária – como exemplo de péssima poesia lírica, no que lhe cabe razão. Aliás, o ilustre Sapo descobriu monstruoso plágio na curta produção poética do Gato, e ninguém põe em dúvida afirmação do Sapo Cururu, autoridade incontesta.

Para que o próprio leitor possa julgar do valor do soneto e das acusações de plágio lançadas contra o

Gato Malhado, eu vou transcrever a citada peça lírica. Não o posso fazer, contudo, no corpo da história, pois afinal isso aqui não é um caderno de poemas – muito menos de sonetos plagiados e péssimos – e, sim, uma história que o Vento contou à Manhã e que a Manhã contou ao Tempo, para ganhar uma rosa azul. Abro assim novo parêntesis, desta vez poético.

Apenas uma coisa eu peço: ao julgar o soneto do Gato, pense o leitor na boa intenção a tanger a lira do vate, deixando de lado sua falta de vocação e habilidade literárias. Não apenas com um manto contra o frio cobria-se o Gato Malhado naquela manhã de lírica inspiração: cobria-se também com o manto do amor. A poesia não está somente nos versos, por vezes ela está no coração, e é tamanha, a ponto de não caber nas palavras.

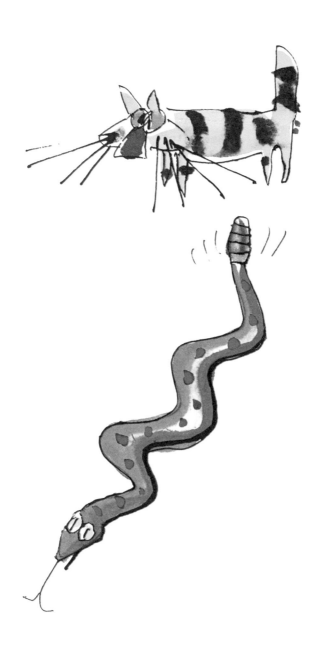

PARÊNTESIS POÉTICO

Soneto do Amor Impossível
Para a minha adorada Andorinha Sinhá

(A Andorinha Sinhá
A Andorinha Sinhô
A Andorinha bateu asas
e voou.
Vida triste minha vida,
não sei cantar nem voar,
não tenho asas nem penas,
não sei soneto escrever.
Muito amo a Andorinha,
com ela quero casar.
Mas a Andorinha não quer,
comigo casar não pode
porque sou gato malhado,
ai!)

a) Gato Malhado

POST SCRIPTUM

Para dar ao leitor base concreta para um julgamento sem vacilações, abro em seguida outro parêntesis, desta vez, crítico. Pode o leitor estranhar que seja a história tão interrompida por parêntesis, deixando-se o autor ficar no bem-bom, quem sabe a dormir a sesta ou a namorar, mas em verdade sai ganhando pois, em lugar de enfastiar-se com tacanhas letras e fútil narrativa, ilustra-se lendo peça profunda devida à pena do eminente Sapo Cururu, membro da Academia e do Instituto, crítico universitário, professor de Comunicação. Com o Mestre, a palavra.

PARÊNTESIS CRÍTICO

Escrito, a Pedido do Autor, pelo Sapo Cururu,
Membro do Instituto

*(A peça poética em discussão é carente de idéias pro-
fundas e peca por inúmeros defeitos na forma. A lin-
guagem não é escorreita; a construção gramatical não
obedece aos cânones dos excelsos vates do passado; a
métrica, cujo rigor se impõe, vê-se tratada a trancos; a
rima, que deve buscar-se seja milionária, é paupérrima
nas apoucadas vezes em que nos dá o ar da sua graça.*
    *Imperdoável, sobretudo, porém, o fato criminoso evi-
denciado no primeiro quarteto do aludido soneto de
autoria do Gato Malhado, claro e clamoroso plágio de
inconveniente canção carnavalesca que assim se escreve:*

A baratinha Yayá,
a baratinha Yoyô,
a baratinha bateu asas
e voou.

*O plagiário – a quem acabo de pegar pelas ouças
para colocá-lo perante o tribunal da opinião pública
como ladrão que o é, e dos mais réprobos por furtar*

idéias – não satisfeito em plagiar, fê-lo copiando versos de baixa extração, versos da populaça indigna. Se as forças do seu intelecto revelavam-se frágeis para conceber primorosa obra poética, então, pelo menos, plagiasse os grandes mestres, como por exemplo Homero, Dante, Virgílio, Milton ou Basílio de Magalhães.

Sapo Cururu, doutor)

CONTINUAÇÃO DA ESTAÇÃO
DO OUTONO

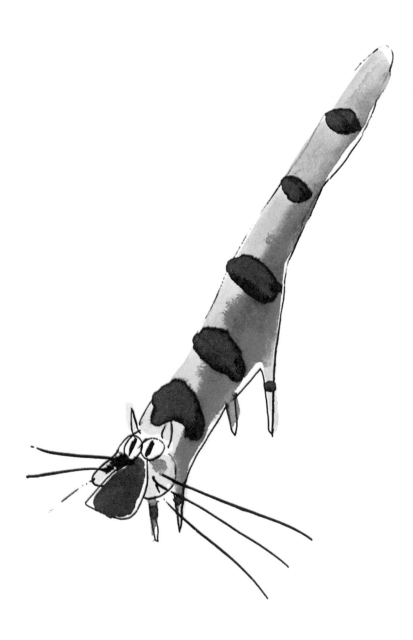

Criticado, discutido e julgado o soneto do Gato Malhado, volvamos à nossa história. O que equivale, aliás, a continuar com o soneto pois não o citei por acaso e, sim, porque ele teve que ver com o desenrolar dos acontecimentos.

Passou-se assim: no último dia de verão, após aquela cena entre a Andorinha e o Gato, este teve uma longa conversa com a Coruja. De todas as criaturas do parque, a Coruja era a única que estimava o Gato Malhado, como já foi dito. Naquela noite, após o ocorrido, a Andorinha não voltara. O Gato tentou compreender o que estava se passando com ela, entre que sentimentos contraditórios se debatia. Envolto em tristeza e solidão, resolveu ir conversar com a Coruja. Esta acordava do seu sono de anciã e abria os olhos para a Noite, sua amiga querida.

O Gato sentou sobre um galho da jaqueira, ao lado da Coruja, e falaram primeiro de coisas indiferentes. Porém a Coruja, sendo adivinha, percebera o que trouxera o Malhado até ali. Foi franca: não só lhe contou as murmurações do parque (que puseram o Gato quase louco de furor) como lhe deu, por fim, sua opinião:

– Amigo velho, não há que fazer. Como pudeste imaginar que a Andorinha viesse te aceitar como marido? Nunca houve caso... Mesmo se ela te amasse – e quem te afirma que ela te ame? – jamais poderia casar contigo. Desde que o mundo é mundo, às andorinhas é proibido casar com gatos. Essa proibição é mais do que uma lei e está plantada com fundas raízes no coração das andorinhas. Dizes que ela gosta de ti, que se dependesse de sua vontade... Pode ser, acredito mesmo que sim. Mais forte que ela, porém, é a lei das andorinhas. Porque está dentro dela desde o seu mais velho avô, desde a primeira andorinha. E para romper uma lei, é preciso uma revolução... – Completou, balançando a cabeça: – Aliás, era até bom que acontecesse uma revoluçãozinha... Estamos necessitando.

O Gato Malhado não disse nada. Nem mesmo que gostava da Andorinha e que sonhara tê-la ao seu lado no pedaço roto de veludo. Esquecera que as andorinhas dormem em ninhos sobre as árvores, enquanto os gatos dormem pelo chão sobre trapos abandonados. Despediu-se da Coruja sem comentar suas palavras. Chegando em casa, começou a escrever o célebre soneto. Em sua elaboração levou toda a noite e parte da manhã seguinte. Tudo que conseguiu realizar foi a peça já julgada e condenada.

Não obstante, naquele primeiro dia de outono encontrou a Andorinha. Ela estava séria, não sorria, não exibia a leve alegria de sempre, aquele ar de disponibilidade que era o seu maior encanto. Também o Gato Malhado não conseguia esconder a tristeza, pesavam-lhe no coração as palavras da Coruja. Andaram em silêncio, percorrendo lugares onde haviam ido na primavera e no verão. Uma ou outra vez trocavam palavras soltas, mas tinham ambos o ar de quem quer evitar um assunto que se impõe.

Chegou a hora da Andorinha partir. O Gato entregou-lhe o soneto. Ela voou, muitas vezes voltou a gentil cabecinha para vê-lo, tinha lágrimas nos olhos.

No dia seguinte – ai, foi o dia mais longo do outono – ela não apareceu. Inutilmente ele rondou nas proximidades da árvore onde ela residia, não a viu. Nessa noite lembrou-se das murmurações do parque e então correu com o Pato Preto, meteu um susto quase mortal no Papagaio (que rezava suas orações noturnas), arranhou o focinho do Cão Dinamarquês, furtou ovos no galinheiro e – cúmulo da maldade – não os furtou para comê-los e, sim, para largá-los no campo. O temor ao Gato Malhado voltou a habitar o parque e as murmurações ruidosas amorteceram-se em cochichos segredados.

No terceiro dia do outono, o Pombo-Correio atirou-lhe de longe (cadê coragem para aproximar-se?) uma carta. O Gato a leu tantas vezes que até a aprendeu de memória. Uma carta triste e definitiva enviada pela Andorinha Sinhá. *Uma andorinha não pode jamais casar com um gato.* Dizia também que eles não deviam mais se encontrar. Em compensação falava que jamais fora feliz exceto no tempo em que vagabundeava com o Gato Malhado pelo parque. E terminava: *da sempre tua Sinhá.*

Ela tinha jurado não mais o ver. Mas como já disse e agora repito, juramento de andorinha não merece confiança. Voltaram a passear pelo parque, a ir aos recantos que haviam descoberto durante a primavera. Só que agora quase não conversavam, era como se uma invisível cortina os separasse.

Foi assim que passaram todo o outono, um tempo cinzento em que as árvores iam se despindo das folhas e o céu ia se despindo do azul. Como o Gato Malhado voltara a ser temido e novamente vivia isolado de todos, sem conversar com ninguém, não sabia que na casa da Andorinha trabalhavam seis aranhas costureiras que preparavam o enxoval da jovem noiva. O casamento do Rouxinol com a Andorinha Sinhá estava marcado para o começo do inverno.

No derradeiro dia do outono, dia úmido e enevoado, percorrido por um vento que soluçava de frio, a Andorinha quis ir a todos os lugares que haviam aprendido a amar na primavera e no verão. Estava estranhamente faladora e ruidosa, terna e cheia de dengue, como se houvesse aberto de repente a cortina que a separava do Gato Malhado, como se houvesse de súbito transposto a distância que entre eles tinha se delimitado. Era a mesma Andorinha Sinhá da primavera e do verão, um pouco louca, e o Gato Malhado a contemplava comovido.

Andaram até que a Noite chegou. Então ela lhe disse que aquela tinha sido a última vez, que ia casar-se com o Rouxinol porque, ai!, porque uma Andorinha não pode casar-se com um Gato. Como já o fizera certo dia, voou sobre ele num vôo rasante, tocou-lhe com a asa esquerda – era a sua maneira de beijar – e ele não pôde desta vez ouvir o bater do pequeno coração da Andorinha, tão fracos eram os seus latidos. Pelos ares ela se foi, não olhou para trás.

A ESTAÇÃO DO INVERNO

ste devia ser um capítulo longo porque o começo do inverno foi um tempo de sofrimento. Mas por que falar de coisas tristes, por que contar as maldades do Gato Malhado cujos olhos andavam escuros de tão pardos? Disso falavam as cartas enviadas pelos habitantes do parque, cartas que o Pombo-Correio levava a outros parques distantes. As notícias chegaram até o longínquo esconderijo da Cobra Cascavel e mesmo ela tremeu de medo. Diziam da maldade do Gato mas diziam também de sua solidão. Jamais o Gato Malhado voltara a dirigir a palavra a quem quer que fosse. Tão grande solidão chegou a comover a Rosa-Chá que confidenciou ao Jasmineiro, seu recente amante:

– Coitado! Vive tão sozinho, não tem nada no mundo...

Enganava-se a Rosa-Chá quando pensava que o Gato Malhado vivia solitário e não tinha nada no mundo. Bem ao contrário, ele tinha um mundo de recordações, de doces momentos vividos, de lembranças alegres. Não vou dizer que fosse feliz e não so-

fresse. Sofria, mas ainda não estava desesperado, ainda se alimentava do que ela lhe havia dado antes. Triste no entanto, porque a felicidade não pode se alimentar apenas das recordações do passado, necessita também dos sonhos do futuro.

Um dia, de brando sol hibernal, realizou-se o casamento da Andorinha com o Rouxinol. Houve grande festa, mesa de doces e champanha. O casamento civil foi em casa da noiva, o Galo era o juiz e fez um discurso eloqüente sobre as virtudes e os deveres de uma boa esposa, especialmente sobre a fidelidade devida ao marido. Da fidelidade do marido à esposa ele não falou. Era maometano e não hipócrita: todos sabem que o Galo Don Juan de Rhode Island possui um harém. O casamento religioso foi na laranjeira, a linda capela do parque. O Reverendo Padre Urubu veio de um convento distante para celebrar a cerimônia religiosa. O Papagaio serviu de sacristão e, à noite, embriagou-se. O sermão do Urubu foi comovente. A mãe da Andorinha chorou muito.

No momento em que o cortejo nupcial, numa revoada, saía da capela, a Andorinha viu o Gato no seu canto. Não sei que jeito ela deu no voar que conseguiu derrubar sobre ele uma pétala de rosa, das rosas vermelhas do seu buquê de noiva. O Gato a colocou sobre o peito, parecia uma gota de sangue.

Para que essa história terminasse alegremente, o meu dever seria descrever a festa dada à noite pelos pais da Andorinha Sinhá. Talvez mesmo contar algumas das anedotas com que o Papagaio divertiu os convidados. Tinham comparecido todos os habitantes do parque, menos o Gato Malhado. A Manhã descreveu a festa inteirinha ao Tempo, dando detalhes dos vestidos, das comilanças, da mesa de doces, da ornamentação da sala. Mas tudo isso o leitor pode imaginar a seu gosto, com inteira independência. Apenas direi que era maviosa a orquestra dos pássaros e que o seu melodioso rumor chegava até o Gato Malhado, solitário no parque. Já não havia futuro com que alimentar seu sonho de amor impossível. Noite sem estrelas, a da festa do casamento da Andorinha Sinhá. Apenas uma pétala vermelha sobre o coração, uma gota de sangue.

A NOITE SEM ESTRELAS

A música doía-lhe no coração. Canção nupcial para os noivos; para o Gato Malhado, canto funerário. Tomou da pétala de rosa: olhou mais uma vez o parque coberto pelo inverno, saiu andando devagar. Conhece um lugar longínquo, onde vive apenas a Cobra Cascavel, que ninguém aceita nos parques nem nas plantações. O Gato tomou a direção dos estreitos caminhos que conduzem à encruzilhada do fim do mundo.

Quando passou em frente à casa da festa, viu os noivos que saíam. A Andorinha também o viu e adivinhou o rumo de seus passos. Qualquer coisa rolou então dos céus sobre a pétala que o Gato levava na mão. Sobre o vermelho de sangue da pétala de rosa brilhou a luz da lágrima da Andorinha Sinhá. Iluminou o solitário caminho do Gato Malhado, na noite sem estrelas.

Aqui termina a história que a Manhã ouviu do Vento e contou ao Tempo que lhe deu a prometida rosa azul. Em certos dias de primavera a Manhã coloca sobre o luminoso vestido essa rosa azul de antigas idades. E então se diz que faz uma esplêndida manhã toda azul.

Amém (concluiu o Papagaio).

Paris, novembro de 1948